おかしの国《くに》のプリンセスと
まほうのきらきらクッキー

作♥永良サチ
絵♥くずもち

この本《ほん》でよめるのはこんなおはなしだよ!

1

おかしが大《だい》すきな**いちご**。
ビスケットがうまく作《つく》れず、
おちこんでいると…。

2

とつぜん、家《いえ》に
おかしの国《くに》の**プリンセス・シュガー**が
あらわれて…!?

3

シュガーの国《くに》の
みならいパティシエールに
えらばれちゃった!

まほうで
すてきなドレスに変身《へんしん》して…

4

ハートの
ドーナツワープをとおって、
おかしとまほうの国《くに》、
メルティーランドへ!

5

ふたりの大《だい》ぼうけんが
はじまるよ!

こんなあそびかたもできるよ!

おはなしのページには、
クイズ、めいろ、あんごう、
ぬりえ、えさがしなど、
おもしろいしかけがいっぱい!

おはなしをよむのが
ニガテでも
たのしめちゃう!

のは、このふたり!

いちご

おかしが大《だい》すきな女《おんな》の子《こ》。みんなをえがおにするようなパティシエールになりたい!

＊とくいなこと＊

かわいいおかしをみつけること。

＊せいかく＊

いつもげん気《き》いっぱい。おかし作《づく》りにしっぱいしてもへこたれないがんばりやさん。

＊ゆめ＊

パティシエールになって、お店《みせ》をひらくこと。

＊すきなスイーツ＊

いちごのショートケーキ

おはなしに出《で》てくる

シュガー

メルティーランドのおしろでくらしているプリンセス。あまいおかしが大《だい》すき！

＊せいかく＊

とてもやさしくて、しっかりもの。いつもまわりの人《ひと》を気《き》にかけていて、たよりになる。

＊とくいなこと＊

キャンディステッキでまほうを使《つか》うこと。

＊すきなスイーツ＊

シュガードーナツ

＊ゆめ＊

メルティーランドのみんながしあわせになること。

1

みならいパティシエール

今日《きょう》もいちごは一生《いっしょう》けんめいおかしを作《つく》っています。

「……できた！」

オーブンから出《だ》したトレーにならんでいるのは、お花《はな》の形《かたち》をしているビスケット。

いちごはやきたてのビスケットを一枚《いちまい》たべてみます。

★ページの下《した》に、なぞなぞクイズがあるよ！　いくつできるかチャレンジしてみてね！

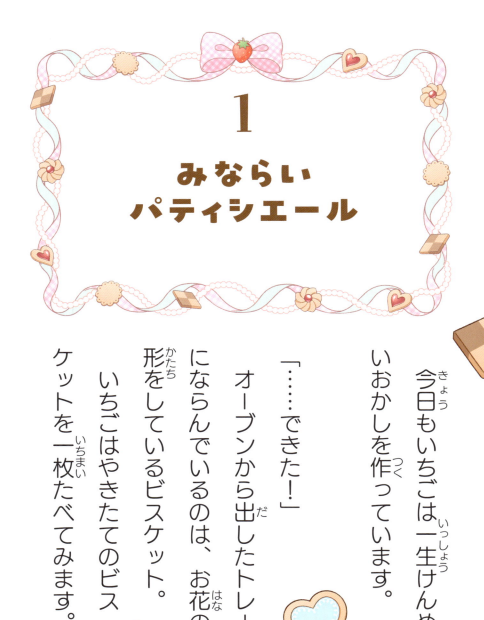

レシピどおりに作《つく》ったのに、
なんだかうまく
いきません。

「ママのクッキー
みたいに、たべたら
えがおになっちゃうような
おかしを作《つく》れたらなぁ……」

なぞなぞクイズ①　おいうえおおしすせそ　このお花《はな》なーんだ？　答《こた》えはつぎのページ！

かなしい気《き》もちになったいちごは、いきおいよく
エプロンをとって外《そと》に出《で》ようと家《いえ》のドアをあけます。

ピカーン！

その時《とき》、あたりがとつぜんまぶしく光《ひか》りました。

「な、なに？」

思《おも》わず目《め》をつぶったいちごが目《め》をあけると…

「はじめまして、
いちごちゃん。

なぞなぞクイズ①の答《こた》え　あさがお（「あ」と「さ」が「お」になっているよ）

わたしは
おかしとまほうの国《くに》・
メルティーランドから
来《き》たシュガーよ」

そこにいたのは、すてきなドレスを
着《き》ている女《おんな》の子《こ》でした。

なぞなぞクイズ②　いちごの花《はな》は赤色《あかいろ》。これは○？　それとも×？

「あのね、おかし作《づく》りが
すきないちごちゃんに
おねがいしたいことがあるの」

こまった顔《かお》をしている
シュガーを、いちごは
家《いえ》のなかへとまねきます。

なぞなぞクイズ②の答《こた》え × いちごの花《はな》は白色《しろいろ》だよ

「おねがいしたいこと？」

「わたしたちは
おいしいおかしを
たべることで
まほうが使《つか》えるんだけど、
メルティーランドにいた
パティシエールたちがとつぜん
みんないなくなってしまって……」

パティシエールとは……

ケーキやクッキーなどのおかしを作《つく》る人《ひと》のことだよ！メルティーランドにすむ人《ひと》はみんな、まほうを使《つか》うためにパティシエールが作《つく》ったおいしいおかしをたべているの！

なぞなぞクイズ③　かけても、ひいても、数《かず》がかわらないものってなーんだ？

「えっ！　それはたいへん！」

おいしいおかしをたべないと、まほうが使《つか》えない。

まほうが使《つか》えないということは、メルティーランドにすむ人《ひと》だけじゃなく、すべての生《い》き物《もの》たちのげん気《き》がなくなってしまうということなのです。

なぞなぞクイズ③の答《こた》え　イス

「だから、いちごちゃんがメルティーランドのパティシエールになってみない？」
「ええっ……！」

いちごは思《おも》わず、目《め》を丸《まる》くさせました。いちごの夢《ゆめ》は、パティシエールになること。だけど、まだ一度《いちど》もおいしいおかしを作《つく》れたことがありません。

なぞなぞクイズ④　パティシエールってどこの国《くに》のことば？

「もちろんさいしょは
みならいパティシエールよ。
でもね、一人前《いちにんまえ》になれたら、
メルティーランドで
パティスリーがひらけるの！」
「自分《じぶん》のお店《みせ》がひらけるなんて
夢《ゆめ》みたい！　でも、ほんとうに
わたしで大丈夫《だいじょうぶ》なのかな……」

なぞなぞクイズ④の答《こた》え　フランス

「もちろん！」とシュガーが
いちごの手《て》をにぎります。
「メルティーランドには、
まほうのおかしレシピがあるの。
それをさがせばきっといちごちゃんも
おいしいおかしが作《つく》れるわ！」

シュガーが、えいっとまほうのステッキを一《ひと》ふりする
と……部屋《へや》にシャボン玉《だま》がうかびあがりました。

なぞなぞクイズ⑤　いつでもすこーしだけたべたくなるおかしはなーんだ？

「きれい！　あれ、でも数字《すうじ》がかいてあるような？」
「〝いちごちゃんにピッタリ〟な数字《すうじ》のシャボン玉《だま》をふたつけすことができれば、特別《とくべつ》なことがおきるわ！」

このなかから、いちごにピッタリな数字《すうじ》のシャボン玉《だま》をふたつえらんでね！

なぞなぞクイズ⑤の答《こた》え　チョコレート（チョコっとたべたいよね！）

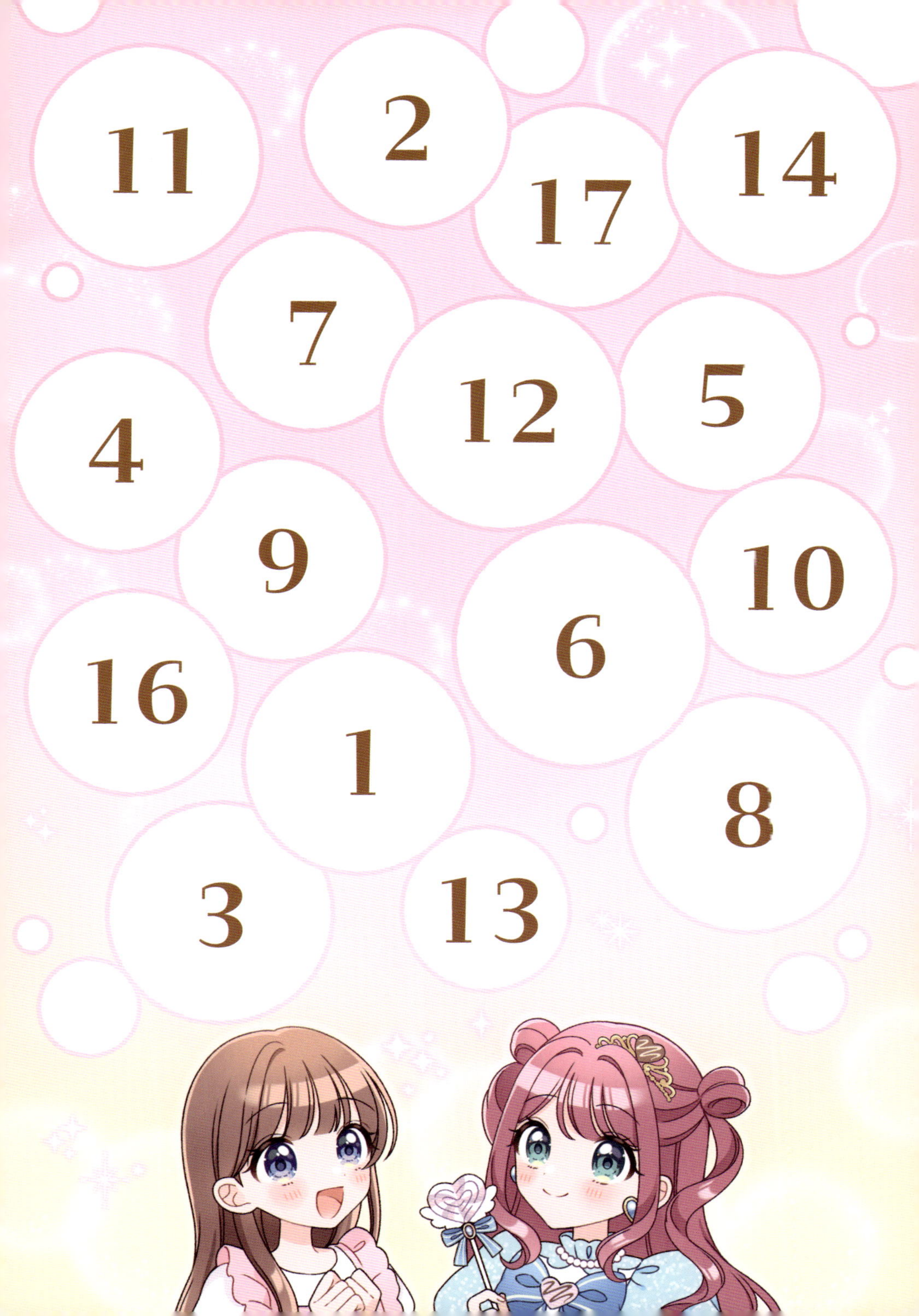
11
2
17
14
7
12
5
4
9
10
6
16
1
8
3
13

答《こた》え

「わかった！
わたしのなまえが
〝いちご〟だから
数字《すうじ》は1と5ね！」

……パンッ！

シャボン玉《だま》がきえたしゅんかん、

まほうの粉《こな》がいちごにふりそそぎ……
いちごの服《ふく》がみならいパティシエールのドレスに
かわりました！

なぞなぞクイズ⑥　シャボン玉《だま》がわれにくくなるふしぎな粉《こな》はなーんだ？　①しお　②さとう　③小《こ》むぎ粉《こ》

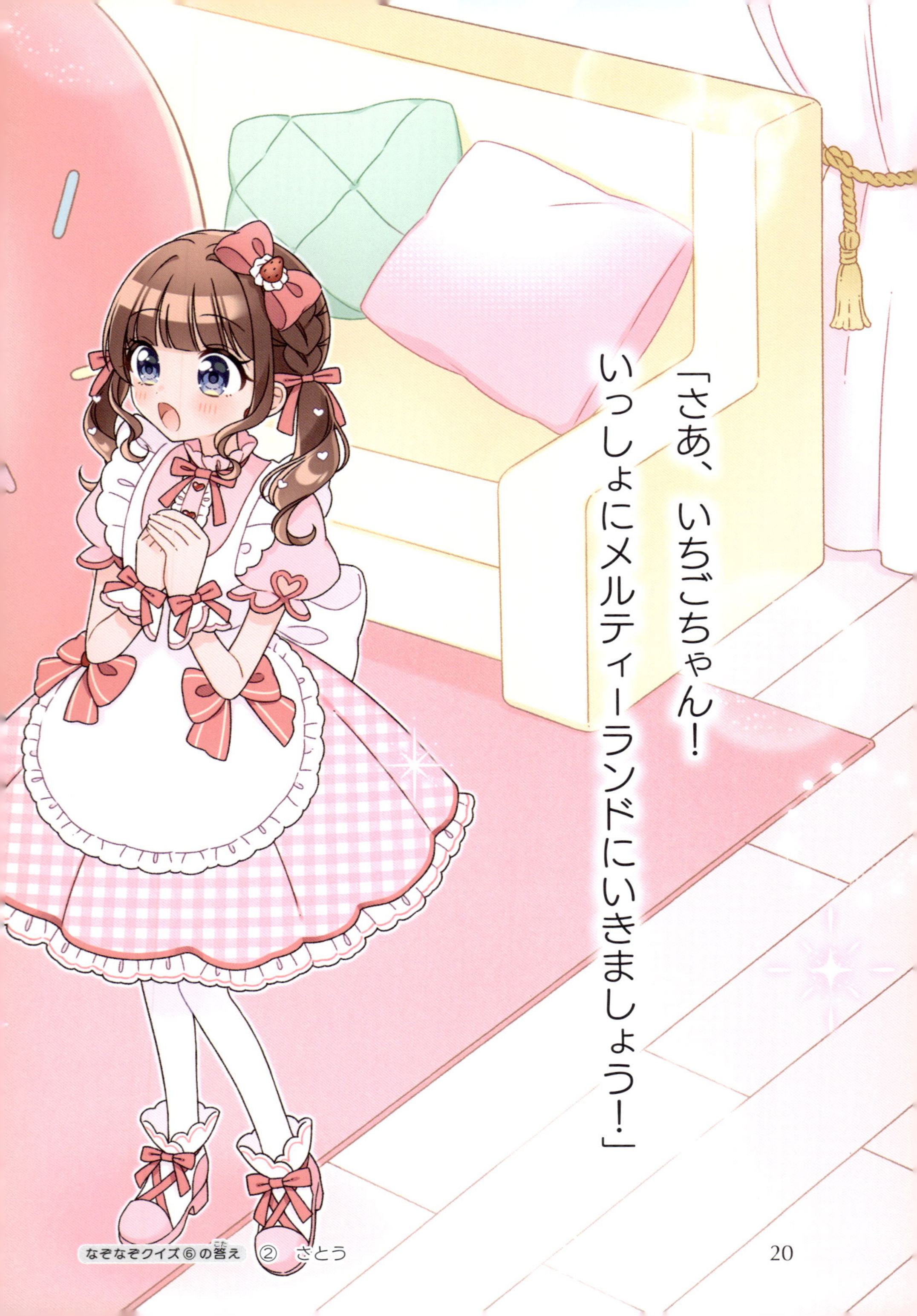

「さあ、いちごちゃん！
いっしょにメルティーランドにいきましょう！」

なぞなぞクイズ⑥の答《こた》え　②　さとう

いちごはシュガーと手《て》をつないで、
おかしとまほうの国《くに》にむかいました。

なぞなぞクイズ⑦　夏《なつ》レミファソラシド　このおかしなーんだ？

2

ようこそ
メルティーランドへ

「わあ〜〜〜っ！」

目《め》のまえに広《ひろ》がっている景《け》色《しき》をみて、いちごは大《おお》きな声《こえ》を出《だ》しました。

すべてがおかしでできている街《まち》は、まさに夢《ゆめ》の国《くに》。

いちごの心《こころ》はわくわくでいっぱいです。

「なんだか風《かぜ》もあまいかおりがするね！」

「ふふ、メルティーランドの風《かぜ》は、いろいろなかおりがするのよ」

「今日はストロベリーかな？」

「いちごちゃんのことをかんげいしているのね」

なぞなぞクイズ⑧　かぜをひいているときにのむと思《おも》わずわらっちゃうものは？

メルティーランド

わたあめの雲《くも》

空《そら》にうかんでいるふわふわのわたあめの雲《くも》。ピンク、ブルー、ミントグリーンなど、天気《てんき》によって色《いろ》がかわるらしい。

マカロン屋根《やね》のおうち

丸《まる》くてかわいいマカロンの屋根《やね》がついているおうち。あまいものが大《だい》すきなふたごの女《おんな》の子《こ》たちがすんでいるんだって！

チョコレートの川《かわ》

川《かわ》のながれはまろやかで、ホットチョコレートだから入《はい》ってもつめたくない。おかしのボートにのってぼうけんできちゃうかも？

なぞなぞクイズ⑧の答《こた》え　くすり（クスリとわらっちゃうね）

プリンの図《と》しょかん

なかにはおかしの本《ほん》がたくさん。イスもつくえもぜんぶプリンでできているから、すわるときやあるくときはこわさないようにそーっとうごいてね！

キャンディの原《はら》っぱ

地面《じめん》がすべてキャンディの草《くさ》になっている。風《かぜ》がふけばキラキラと光《ひか》り、あまいかおりがするよ。

クッキーの道《みち》

あるくたびにサクサク音《おと》がする。思《おも》わず足《あし》をとめてたべたくなっちゃう道《みち》。この道《みち》をたどると、メルティーランドのおしろにつながっているとか……？

なぞなぞクイズ⑨　ふたつの数字《すうじ》でできたフルーツはなんだ？

「ねえ、シュガー。さっきいってた
まほうのおかしレシピはどこにあるの？」
「じつはいちごちゃんにまだいっていないことが
あるんだけど、一人前《いちにんまえ》のパティシエールになるためには
ミッションをクリアしないといけないの」
「ミッション……？」

「ええ、これよ」
シュガーが
まほうで出《だ》したのは、
ロールケーキのように
丸《まる》くなっている白《しろ》い紙《かみ》。
くるくると
広《ひろ》がった紙《かみ》には、
こうかかれています。

なぞなぞクイズ⑩　あまくておいしそうな、空《そら》からふってくるものは？

パティシエールになるためのミッション

1

おかしの街《まち》につながるとびらをひらく

★街《まち》にいくために、キースプーンをゲットしてください

なぞなぞクイズ⑩の答《こた》え　雨《あめ》（おかしのあめとおなじよみ方《かた》だね！）

★キースプーンは、
メルティーランドのどこかに
かくされています

2

街《まち》のヌシから
まほうのおかしレシピを
もらう

なぞなぞクイズ⑪　どんなにあらっても、お酢《す》のにおいがする食器《しょっき》ってなに？

「つまり、まずはキースプーンをみつけないと
ダメってことだね。一体《いったい》どこにあるんだろう？」

「それならいいものがあるわ！」

シュガーは手《て》のひらに、ハートの
クリスタルをのせました。
それはキースプーンの場所《ばしょ》をおしえて
くれるまほうのアイテムです。

「キースプーンの場所《ばしょ》を私《わたし》たちにおしえて！」

ぴかーん！

すると、つよくかがやいたクリスタルから細《ほそ》い光《ひかり》が出《で》てきました。

なぞなぞクイズ⑫　ハトのまんなかに、ぼうが入《はい》るとなにになる？

その光《ひかり》は、リーフ
の森《もり》をさしています。
「キースプーンは
あっちだね！」
ふたりは顔《かお》を
みあわせて、
光《ひかり》のみちびきどおり
森《もり》をめざします。

しかし、そのとちゅうで
たいへんなことがおきました。
なんと、森《もり》にいくためにとおらなければいけない
キャラメルの橋《はし》がこわれていたのです。

「シュガー、どうしよう？」
「うーん。こわれているところを
うまくつなげることができれば、
まほうでなおせると思《おも》うんだけど……」

なぞなぞクイズ⑬　森《もり》のなかにいる歯《は》いしゃさんはだれだ？

こわれた橋《はし》をくみあわせてね！
パーツはぜんぶで8こだよ！

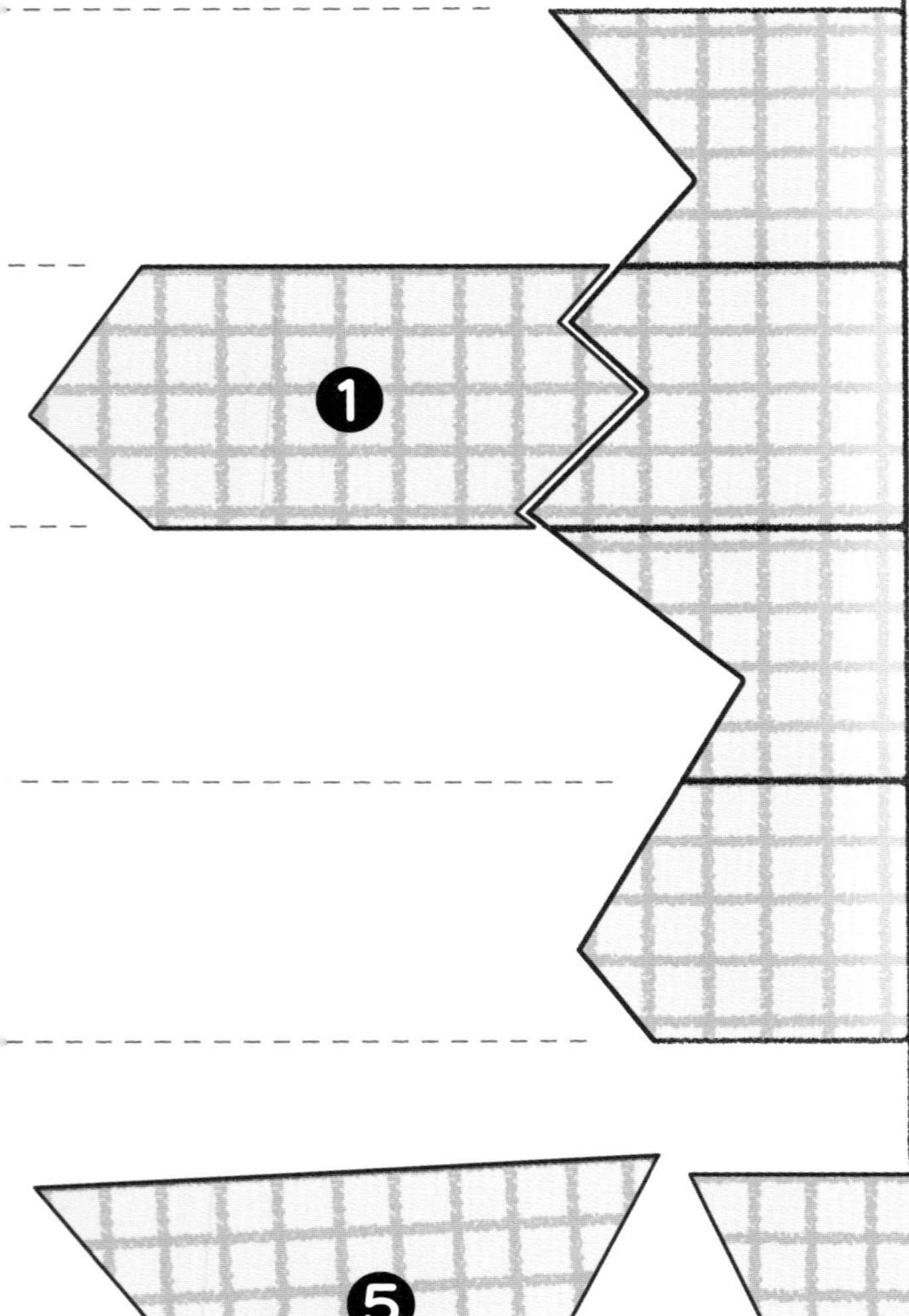

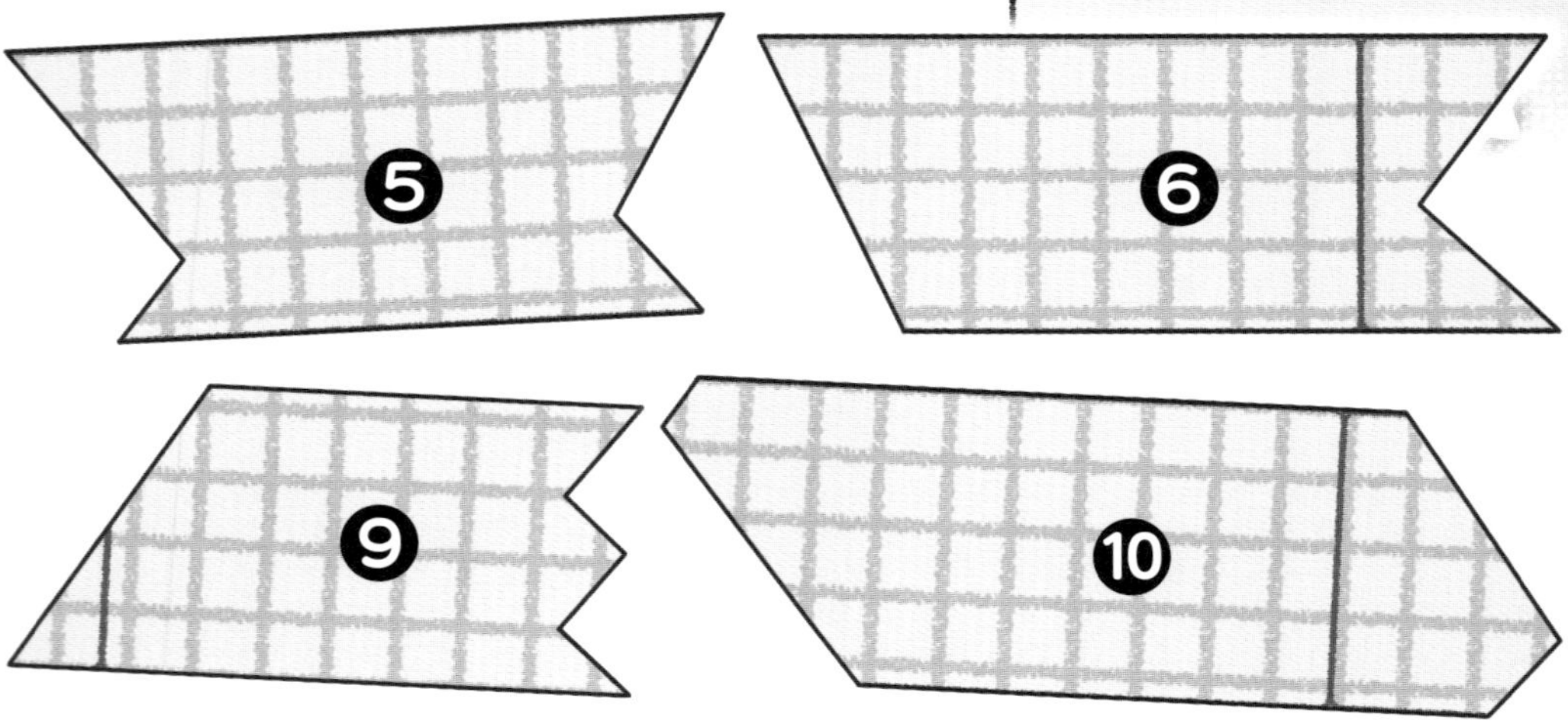

なぞなぞクイズ⑬の答《こた》え　シカ（歯《は》いしゃさんのことは「歯科《しか》」のおいしゃさんっていうよ）

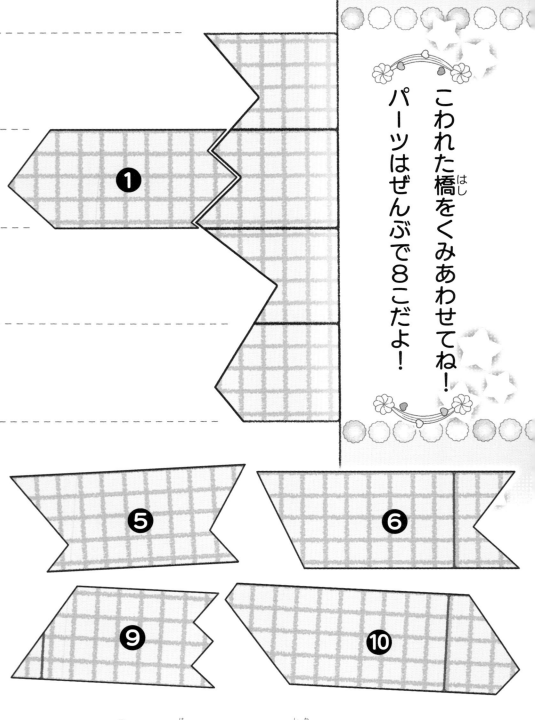

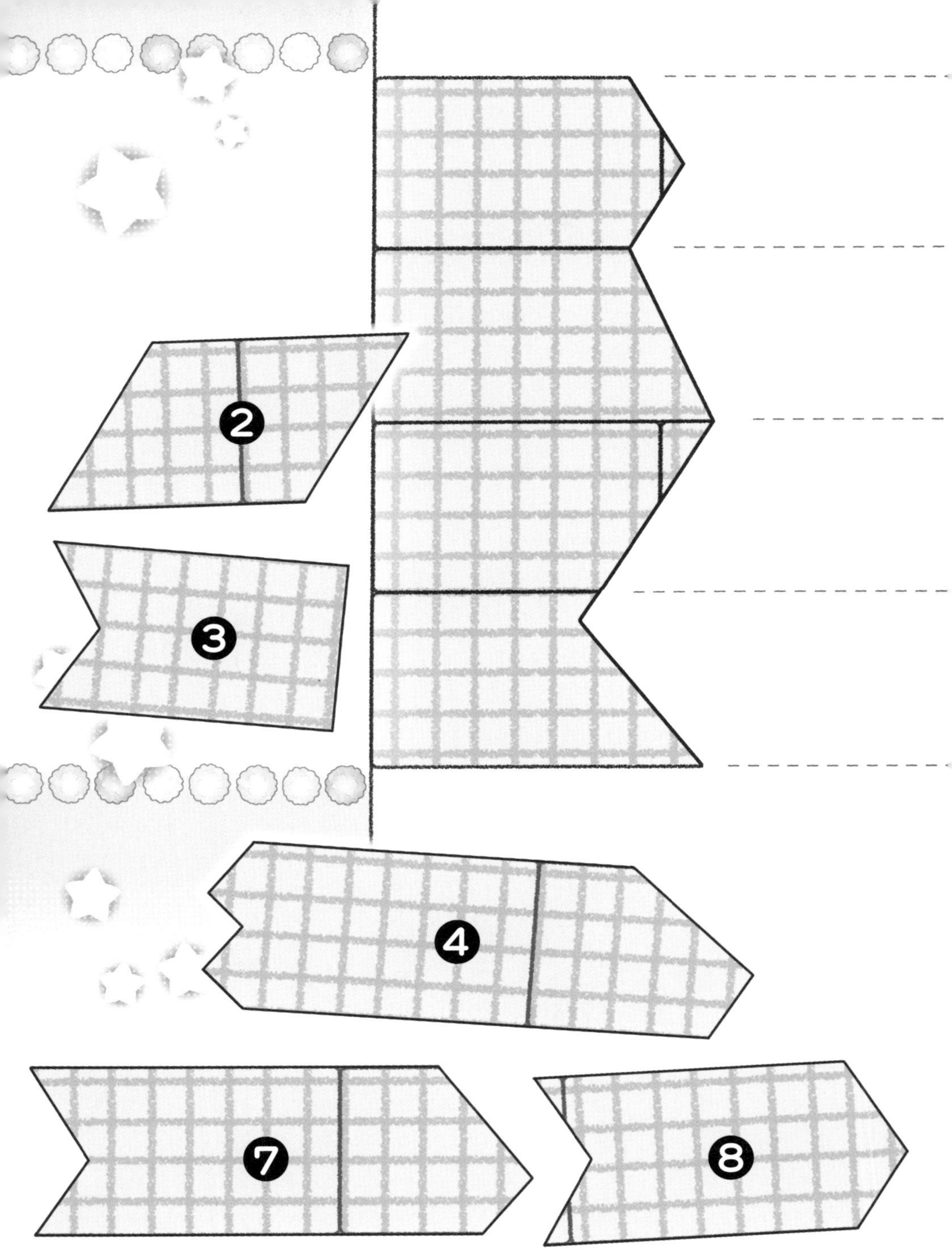
2
3
4
7
8

答《こた》え

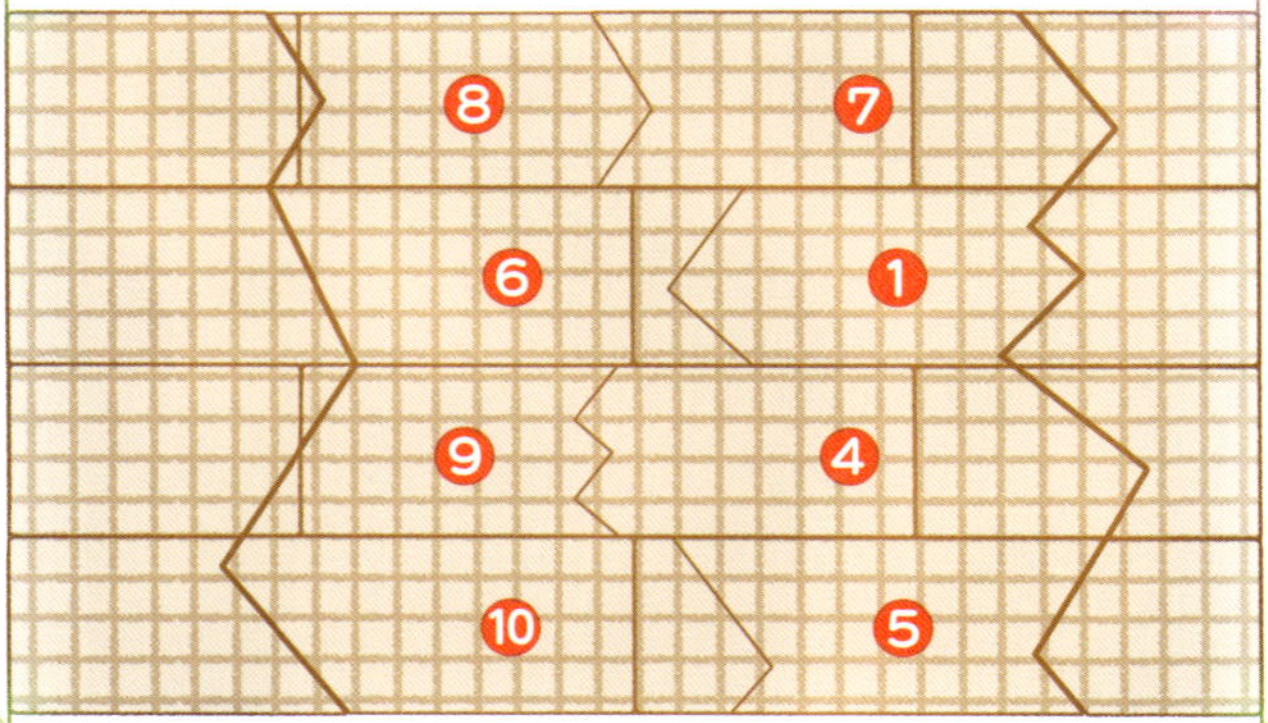

「いらないパーツもまざって
いたからむずかしかったけど、
なんとかぴったりはまったね！」

「あとはわたしのまほうに
まかせて。えいっ！」

シュガーがステッキをふると、
キャラメルの橋《はし》はきれいに
なおりました。

3

まほうのバス

無事《ぶじ》に橋《はし》をもとにもどしたいちごとシュガー。

キースプーンがあるリーフの森《もり》まであとすこしという場所《ばしょ》で、一台《いちだい》のバスをみつけました。

「まほうのバスがうごかなくなっちゃった」

なぞなぞクイズ⑭　ごはんをたべるのにも、道《みち》をわたるのにもつかえるものってなんだ？

「これじゃ出発《しゅっぱつ》できないよ」
とまっていたのは、
小《ちい》さな子《こ》をはこぶ
まほうのバス。
まほうの力《ちから》が足《た》りず
うごかなくなってしまった
ようです。

なぞなぞクイズ⑭の答《こた》え　はし（橋《はし》、箸《はし》）

こまっている子どもたちをほうっておけないふたりは、どうにかしてバスをうごかす方法をかんがえます。

「たしかバスをうごかすための、ひみつのじゅもんがあるはず。どこかにヒントはないかしら？」

「あ、ヒントってこれじゃないかな？」

いちごがみつけたのは、バスの正面にとりつけられていた光る掲示板。

なぞなぞクイズ⑮　海の生き物にのみこまれちゃったバスってなーんだ？

そこには、ひみつのじゅもんのヒントがかかれていました。

「おなじ文字《もじ》がたくさんならんでいるみたいだけれど……」

「どういうことだろう？」

『さささささささささささ』

ひみつのじゅもんは一体《いったい》なんでしょう？

さささささささささささ

答《こた》え

「〝さ〟という文字《もじ》が10こあるね」

「〝じゅう〟は〝とう〟ってよむこともできるから、〝さ〟に〝とう〟をあわせたら……」

「**さとう**！　ひみつのじゅもんは〝**さとう**〟ね！」

いちごがじゅもんをとなえると、まほうのバスは無事《ぶじ》にはしりだしました。

なぞなぞクイズ⑯　さとうはなにからできている？　①はちみつ　②さとうきび　③とうもろこし

4

リーフの森《もり》

「え、どういうこと!?」

リーフの森《もり》に着《つ》いたふたりは、すぐに声《こえ》をそろえます。

先《さき》ほどのバスとおなじように、まほうの力《ちから》がよわくなっているせいで、森《もり》のなかの道《みち》がきえてしまっていたのです。

「これじゃ、先《さき》にすすめないわね……」

「さっきのバスみたいに、じゅもんがあるのかな？」

「いいえ、この森《もり》はおなかをすかせているの。おかしをたべさせれば、きっと道《みち》があらわれるはずよ」

「でもおかしなんてどこにもないよ？」

「ふふっ。みててね」

なぞなぞクイズ⑰ 森《もり》にある動物《どうぶつ》がかくれているよ！　なにかな？

シュガーはにっこりとわらって、
ステッキを空《そら》にむけました。

えいっ！

色《いろ》をぬって
みよう。

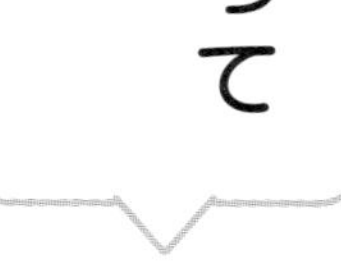

なぞなぞクイズ⑰の答《こた》え　きりん（木林《きりん》）

ステッキをくるりと一周《いっしゅう》させると、
空《そら》からたくさんのキャンディがふってきました。
「わあ〜〜！　キャンディの雨《あめ》だ！」

なぞなぞクイズ⑱　アクマにステッキを１本《ぽん》もたせると変身《へんしん》する、体《からだ》のパーツはなーんだ？

カラフルなキャンディの雨《あめ》のおかげで、
無事《ぶじ》に道《みち》があらわれます。

「めいろみたいな道《みち》になってるけど、大丈夫《だいじょうぶ》かな？」

「いきどまりもありそうだから、
おち着《つ》いてすすみましょう！」

めいろの道《みち》をとおって、キースプーンが
はいっている宝箱《たからばこ》までたどり着《つ》こう！

スタート

答《こた》え

「めいろってドキドキするけど、カラフルなキャンディがあるからたのしいね！」

「そうね。あ、いちごちゃんみて！　あそこにキラキラ光《ひか》る宝箱《たからばこ》があるわ」

「わあ、ほんとうだっ！」

ふたりは、さっそく宝箱《たからばこ》をあけてみます。

「これが……キースプーン？」

いちごは宝箱《たからばこ》から金色《きんいろ》のキースプーンをみつけます。

キースプーンを手《て》にとったしゅんかん、ピカッと白《しろ》く光《ひか》り、目《め》のまえに大《おお》きなとびらがあらわれました。

「いちごちゃん、やったわ！　キースプーンを鍵穴《かぎあな》にいれればとびらがひらくはずよ！」

なぞなぞクイズ⑲　宝箱《たからばこ》をもっているタヌキがいるよ。どんな箱《はこ》をもってるかな？

シュガーにいわれたとおり、
いちごはキースプーンを
鍵穴《かぎあな》にいれます。

ガチャッ

音《おと》がしたとたん、とびらは左右《さゆう》にひらき、ふたりは
そのなかへと足《あし》をふみいれました。

なぞなぞクイズ⑳　穴《あな》を５つほる海《うみ》の生《い》き物《もつ》ってなーんだ？

5

クッキーの街《まち》

「すごいっ、おかしの動物《どうぶつ》が
こんなにたくさんいる！」

とびらの先《さき》にあったのは、
バニラのかおりがただよって
いるクッキーの街《まち》でした。

「ここにいる
動物《どうぶつ》たちは、みんなおかしで
できているのよ」

ビスケットリス

体《からだ》はビスケットでしっぽはドーナツの形《かたち》をしたクリームサンド。しっぽがゆれるたびにあまいかおりがする。

マシュマロプードル

ふわふわなマシュマロの毛《け》なみは、あまくてやわらかい。さわるともちもちする。

ドーナツひつじ

頭《あたま》についているすこし大《おお》きめのクリームドーナツがトレードマーク。ドーナツのあなはほしやハートの形《かたち》をしている。

スノーボールうさぎ

スノーボールクッキーでできている体《からだ》は、雪《ゆき》のようにまっ白《しろ》でふんわりしている。

なぞなぞクイズ㉑ バニラは植物《しょくぶつ》からとれるんだよ！　なに色《いろ》のお花《はな》がさくかな？

「だから、みんなあまいにおいがするんだね！
人《ひと》なつっこくてかわいい！」

「まほうのおかしレシピをもっている
ヌシは、ツリーハウスにいるはずよ。
地図《ちず》をみてかくにんしてみましょう！」

**動物《どうぶつ》たちがいる場所《ばしょ》をさけて、指《ゆび》で
ツリーハウスまでのルートをかくにんしてね。**

なぞなぞクイズ㉑の答《こた》え　白《しろ》（花《はな》ことばは「永久不滅《えいきゅうふめつ》（いつまでもずっとのこること）」なんだって！）

スタート
ゴール

答《こた》え

「かわいい動物《どうぶつ》がたくさんいてワクワクするね！」

「もしまよっても、きっと動物《どうぶつ》たちがただしい道《みち》をおしえてくれるわ」

「うん。じゃあ、さっそくすすもう！」

6

はらぺこクッキーリン

地図《ちず》でルートをかくにんしたふたりは、ヌシがいるツリーハウスをめざします。

ドンッ！

ドッドンッ!!

その時《とき》、とつぜん地面《じめん》がはげしくゆれました。

なぞなぞクイズ㉒　ふわふわしておいしそうだけど、たべられないチーズは？

「きゃあっ、な、なに？」
いちごとシュガーは、
とっさにだきあって
しゃがみこみました。
一秒《いちびょう》、二秒《にびょう》、三秒《さんびょう》……。
ゆれはおさまるどころか、
どんどん大《おお》きくなっています。

なぞなぞクイズ㉒の答《こた》え　マルチーズ（犬《いぬ》のしゅるいだよ！）

「いちごちゃん、あれをみて！」

なにかに気《き》づいたシュガーは、ある方向《ほうこう》を指《ゆび》さしました。

そこにいたのは、ビスケットのたてがみをもつ二匹《にひき》のクッキーリンです。

「このリンゴはボクが先《さき》にみつけたんだ！」

「ちがう！　先《さき》にとったのはオレだ！」

なぞなぞクイズ㉓　キリンとゾウ、勝《か》つのはどっち？

なぞなぞクイズ㉓の答《こた》え　ゾウ（しりとりでは「ン」がつくと負《ま》けだよ！）

クッキーリンたちは、首《くび》をぶつけあってけんかをしていました。

「クッキーリンはリンゴが大《だい》すきなの。だけど、リンゴがなる木《き》も今《いま》はおかし不足《ぶそく》のせいでほとんどそだたなくなっているのよ」

シュガーがかなしそうにいいました。

「このリンゴはオレがぜんぶたべるんだ！」

「ひとりじめするなんてズルいよ！」

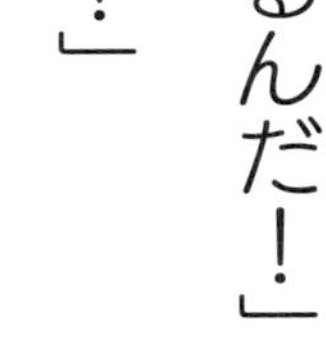

ドンッ！

ドッドンッ!!

二匹《にひき》のけんかはぜんぜんおさまりそうにありません。

「……なんとかしなくちゃっ！」

「え、い、いちごちゃん!?」

シュガーの声《こえ》をふりきって、

いちごはけんかをしているクッキーリンの間《あいだ》にはいります。

なぞなぞクイズ㉔の答《こた》え　リンゴ（「リン」が5こあるよ！）

リンゴがひとつしかないなら
半分《はんぶん》にすればいいよ！

あぶないとわかっていても、
いちごはクッキーリンたちの
ことをまもりたかったのです。

「半分《はんぶん》？　そうしたらすこししかたべられないじゃないか！」

なぞなぞクイズ㉕　道《みち》にまよったときにたべたいケーキは？

「そうだ、そうだ!」

たしかにリンゴを半分《はんぶん》にしたら、自分《じぶん》がたべるぶんがへってしまいます。

「自分《じぶん》が大《だい》すきなものはね、だれかとわけるともっとおいしくなるんだよ!」

どれがぴったりな半分《はんぶん》のリンゴかな?

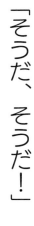

1

2

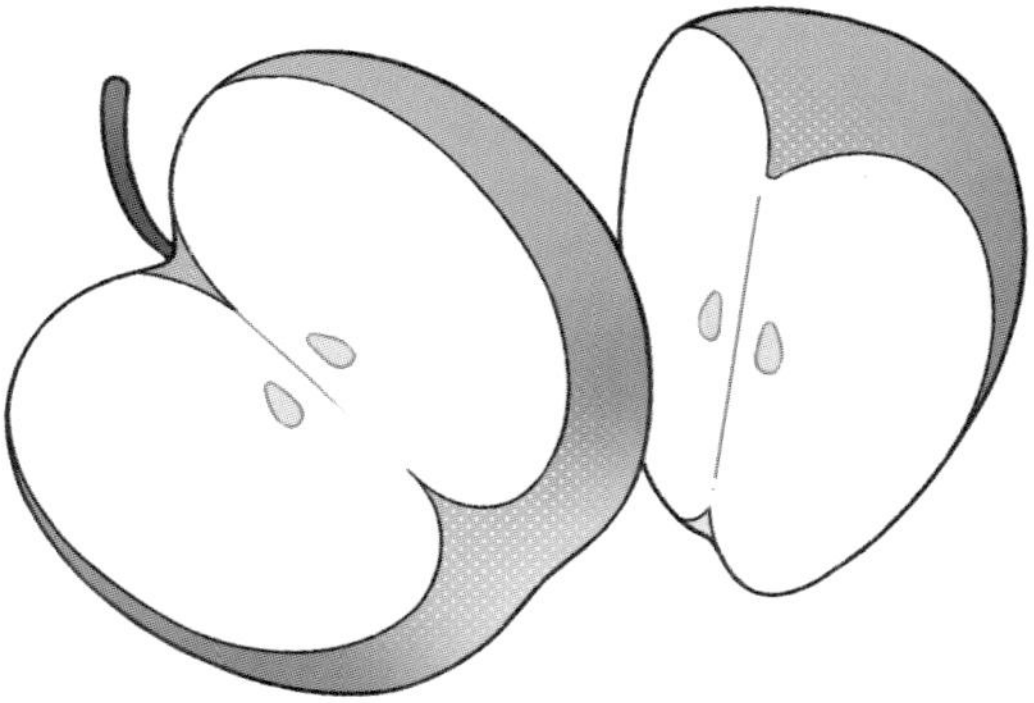

3

4

なぞなぞクイズ㉖　家《いえ》の入口《いりぐち》にいつもぶらさがっているおかしは？

答《こた》え

あたりをみわたすと、
飴細工《あめざいく》の葉《は》っぱを
みつけました。

いちごはそれをナイフがわりにして、ひとつのリンゴを
きれいに半分《はんぶん》にします。

なぞなぞクイズ㉖の答《こた》え　モンブラン（門《もん》にぶらーん）

「ね？　こうすればうれしい気《き》もちも半分《はんぶん》こにできるでしょう？　いつもママとわけてたべるシュークリームも、お友《とも》だちとわけてたべたおやつも。ひとりでたべるより、ずっとずっとおいしいんだ」

いちごがきれいにきったリンゴを、クッキーリンたちはなかよくたべています。

「ふふ、いちごちゃんならぜったいにすてきなパティシエールになれるわ」

なぞなぞクイズ㉗　いつもケガをしているチョコは？

そのようすをみまもっていたシュガーが、
うれしそうにほほえみました。

いちごのおかげでなかなおりをしたクッキーリンたち。
お礼《れい》としてヌシがいるツリーハウスまでのせてくれるようです。

色《いろ》をぬってみよう。
クッキーリンに
すきなもようをかいてね！

7

スイーツキャット

クッキーリンたちに案内《あんない》してもらったふたりは、無事《ぶじ》に目的《もくてき》の場所《ばしょ》に着《つ》きました。

二匹《にひき》のクッキーリンにお礼《れい》をいって、いちごとシュガーは顔《かお》を上《うえ》にむけます。

「わあ、ここがツリーハウスね！」

チョウがとびかう街《まち》の奥《おく》ふかくにあったのは、
大《おお》きな三角《さんかく》屋根《やね》の木《き》のおうち。

なぞなぞクイズ㉘　つめたくっておいしいイスってなーんだ？

「ここにレシピをもっているヌシさんが
いるんだよね？　一体《いったい》どんな動物《どうぶつ》なの？」

「じつはほかの動物《どうぶつ》たちとちがって
ヌシにはなかなかあえないから、どんな姿《すがた》をして
いるのか私《わたし》もしらないの。ただウワサでは
変身《へんしん》するのがとくいだってきいたことがあるわ」

「そうなんだ！　ヌシさんはおうちのなかにいるのかな？」

「ドアをノックしてみましょう……
あれ、これはなにかしら？」
シュガーがなにかに気《き》づきます。
それはツリーハウスのドアにはられているカードでした。

なぞなぞクイズ㉙　「だんだんだんだんだん」このおかしは？

「カードのおもてにドレスの絵《え》がかいてあるわ」

「うらにはメッセージがかいてあるみたい。
えっと……ジェリービーンズ広場《ひろば》にいる住人《じゅうにん》のなかから、
このドレスを着《き》ている子《こ》をさがせ？」

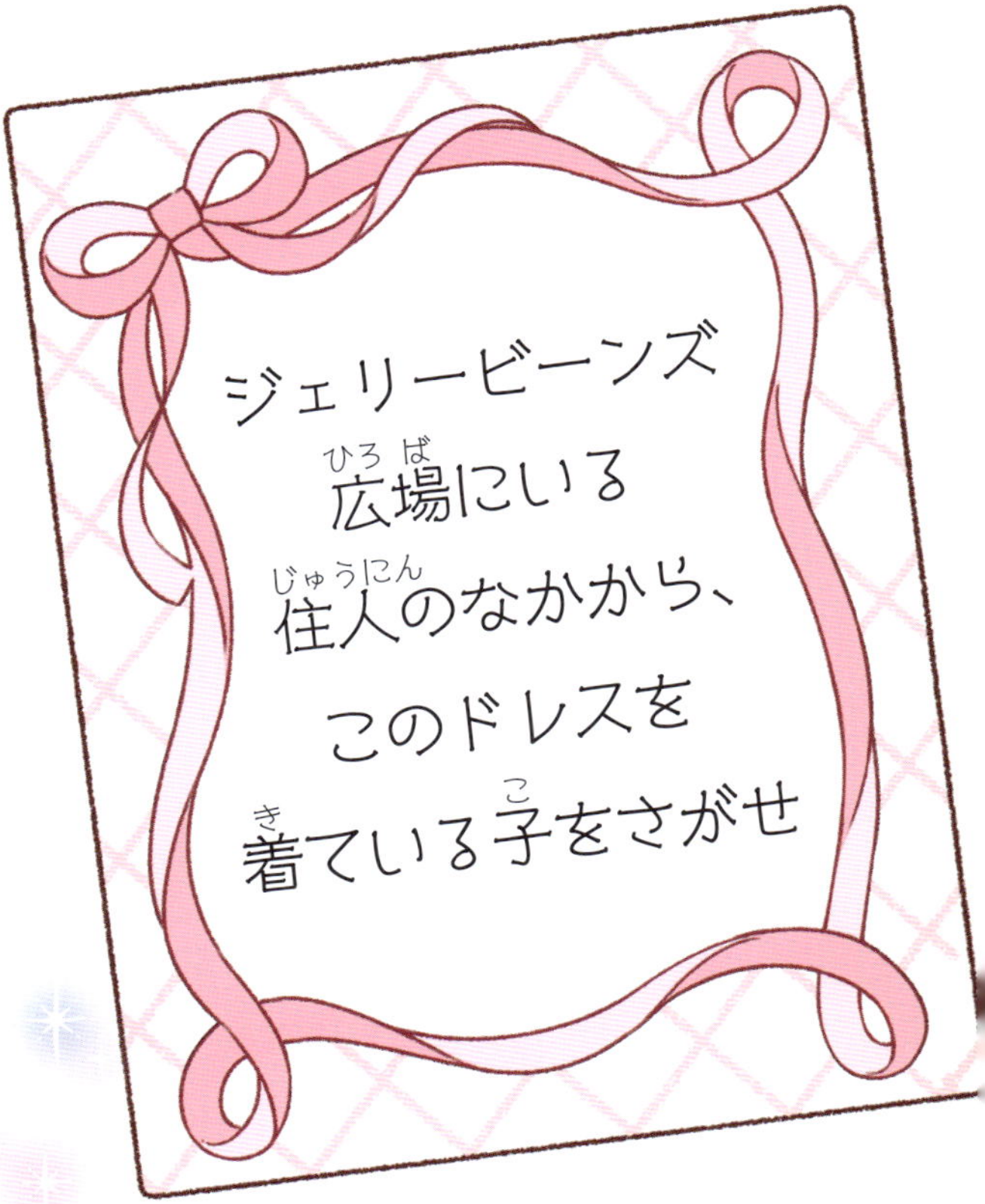

なぞなぞクイズ㉚　おひめさまがかくしてるおかしってなーんだ？

「もしかしたら、ヌシが変身《へんしん》した
姿《すがた》かもしれないわ」

「ええっ！　それなら
ジェリービーンズ広場《ひろば》まで
さがしにいかないと！」

「うーん、
ここからだと

広場《ひろば》まではとおいから、これを使《つか》いましょう！」

シュガーがまほうのステッキで出《だ》したのは、なんでもうつすことができるホイップミラー。

ミラーを使《つか》って、ふたりはジェリービーンズ広場《ひろば》をかくにんすることにしました。

カードのドレスを着《き》ている子《こ》をさがしてね！

なぞなぞクイズ㉛　あさもよるも、やすまずまわっているものって？

「カードにかかれている
ドレスは、スカート
がケーキみたいな
もようになっているわね」

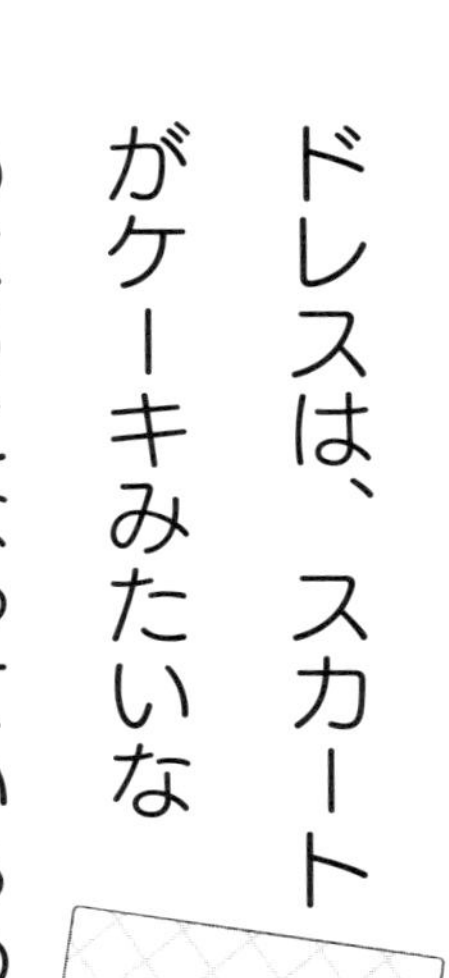

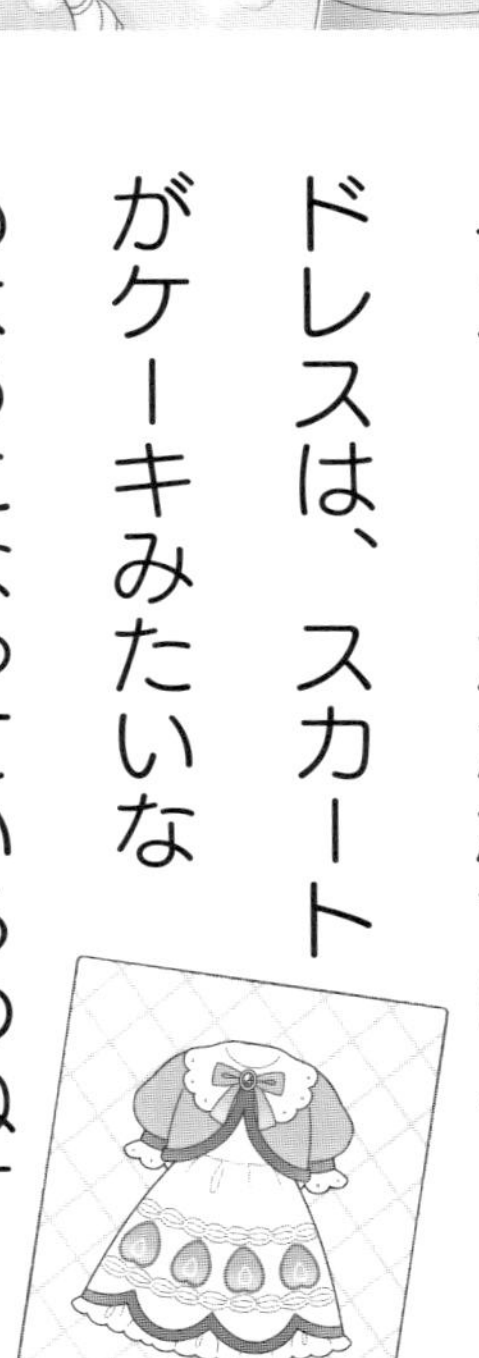

「ケーキのもようのドレスを
着《き》ている子《こ》は……あ！
クマさんのショーケースの
まえにいる！」

……ぽんっ!!
カードとおなじドレスを着《き》ている住人《じゅうにん》をみつけると、レインボーの煙《けむり》のなかから大《おお》きなネコがあらわれました。

「みつかったにゃ〜」

「え、ひょっとしてあなたがクッキーの街《まち》のヌシさん？」

「わたしのなまえは、スイーツキャット。

いちごちゃんのいうとおり、この街《まち》のヌシにゃ」

「どうしてなまえを……」

「わたしはなんでも変身《へんしん》できるにゃ！」

スイーツキャットはそういって、
またちがう姿《すがた》になりました。

なぞなぞクイズ㉜の答《こた》え　ドーナツ（まんなかはいやだから穴《あな》があいてるとかいないとか……）

「ええっ、あの時《とき》の……!?」

いちごとシュガーは、目《め》をあわせます。

スイーツキャットが変身《へんしん》していたのは、いちごの肩《かた》にのってきた小《ちい》さなリスだったのです。

「見事《みごと》にわたしをみつけられた
いちごちゃんにはこれをあげるにゃ」

なぞなぞクイズ㉝の答《こた》え　ケーキ

もとの姿《すがた》にもどったスイーツキャットからわたされたのは、キラキラとかがやくまほうのおかしレシピでした。

いちごとシュガーはレシピをもって、先《さき》ほどホイップミラーでうつしたジェリービーンズ広場《ひろば》にむかいます。

「ねえ、いちごちゃん。このレシピのおかしを作《つく》ってみない？」

いちごは心《こころ》がドキドキワクワク
するのをかんじました。
「うん！　私《わたし》もみんなの
ためにおかしを作《つく》りたい！」
いちごはレシピをみて、
広場《ひろば》のガーデンキッチンで
一生《いっしょう》けんめいにおかしを
作《つく》りはじめました。

おほしさまパウダーをふるって、
まんまる卵《たまご》は、カラが入《はい》らないようわって……。
ふわふわクリームとメルティーバターもまぜます。
かくし味《あじ》のスイートシロップもわすれずに一《ひと》ふり。
こうしてクッキーのタネができあがりました。
あとは、すきな形《かたち》に型《かた》ぬきしてやくだけです。

「しあげにきらきらトッピングをつけて……
できた！　まほうのきらきらクッキー！」

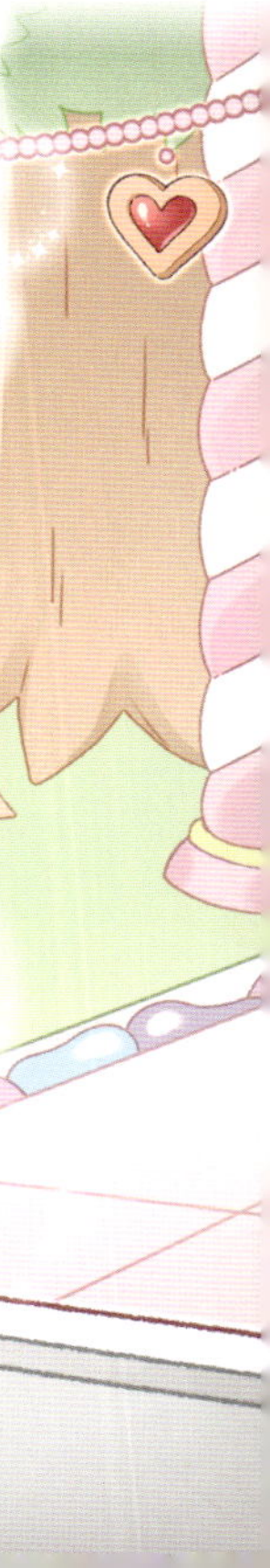

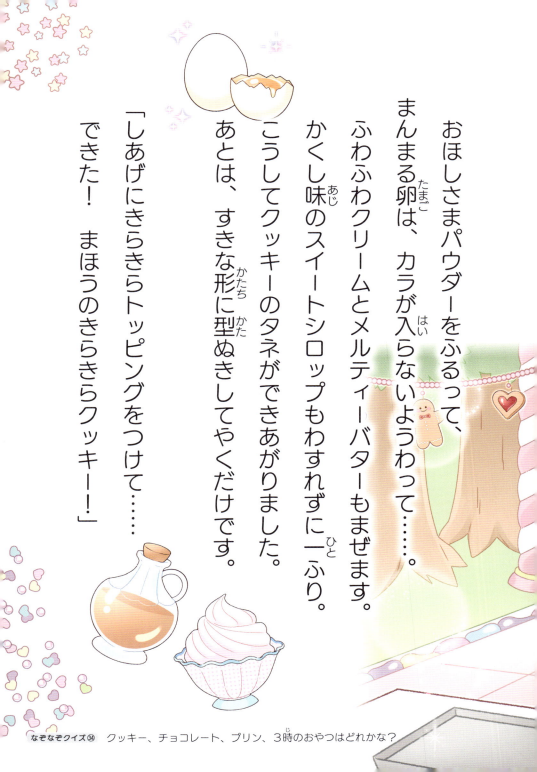

スイーツキャットにあわせて、形《かたち》もネコにしました。

「あれ、いちごちゃん。
一匹《いっぴき》だけちがう動物《どうぶつ》がまざっているわ」

「へへ、ネコにちょっぴりにてる動物《どうぶつ》も作《つく》っちゃった」

一匹《いっぴき》だけちがう動物《どうぶつ》はどれかな？

なぞなぞクイズ㉞の答《こた》え　プリン（3字《じ》のおやつ）

もっとさがしたい人《ひと》は……
リボンをしているネコはなん匹《びき》いるかな？

なぞなぞクイズ㉟　なくしたものをみつけるのが上手《じょうず》なネコってどんなネコ？

答《こた》え

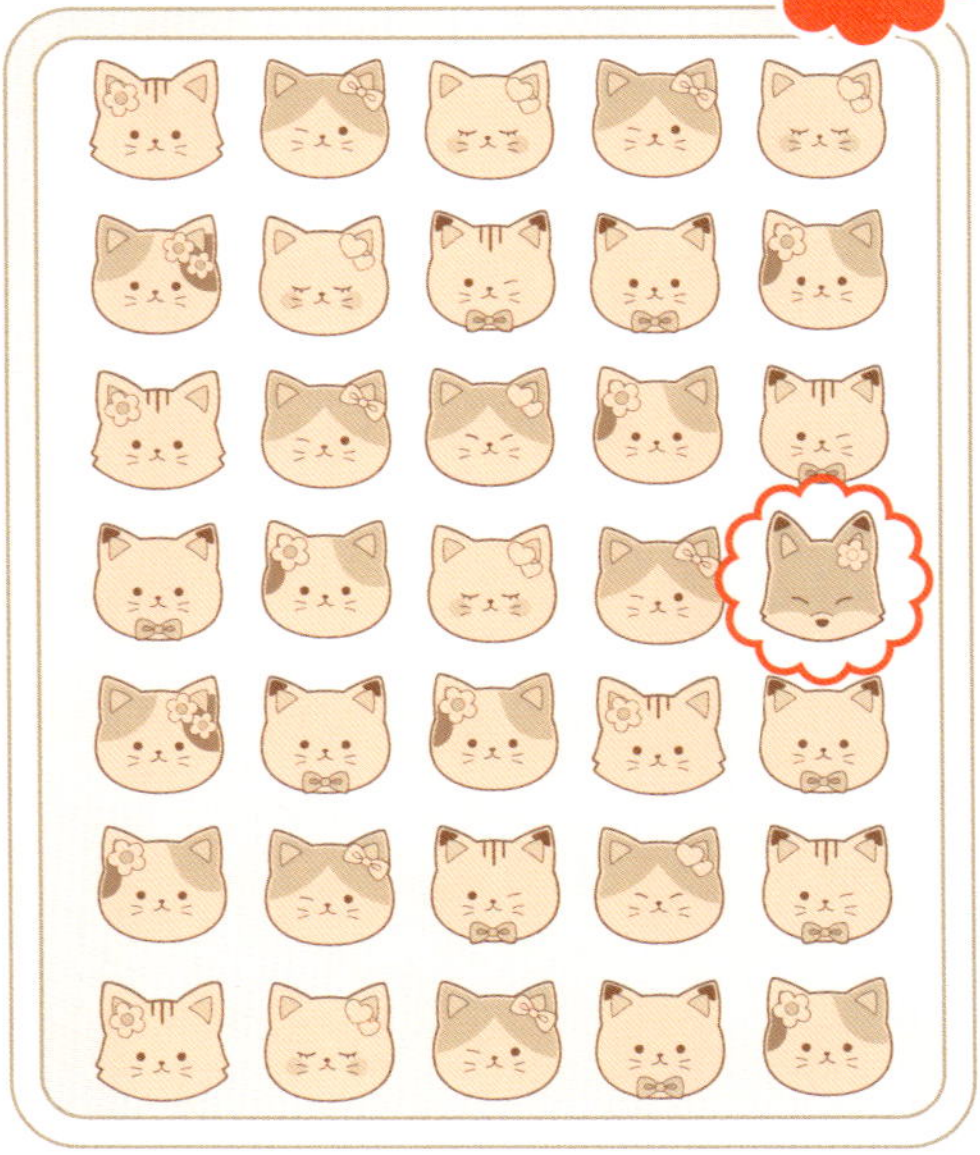

リボンをしているネコ……15匹《ひき》

「どれもかわいくて、たべるのがもったいないわね」

「いっぱい作《つく》ったから、たくさんたべてくれるとうれしいな」

「せっかくだからメルティーランドのみんなにたべてもらいましょう！　ほら、みんないちごちゃんのおかしをたのしみにしているわ」

なぞなぞクイズ㉟の答《こた》え　三毛《みけ》ねこ（みっけ！ネコ）

8
たのしいおかし作り

やがて広場には、
たくさんの住人たちが
あつまってきました。

いちごは、
できたてのクッキーを
みんなにくばります。

おいし〜っ！

なぞなぞクイズ㊱　シュガーがえがおでクッキーをたべてるよ！　なんこたべてるかな？

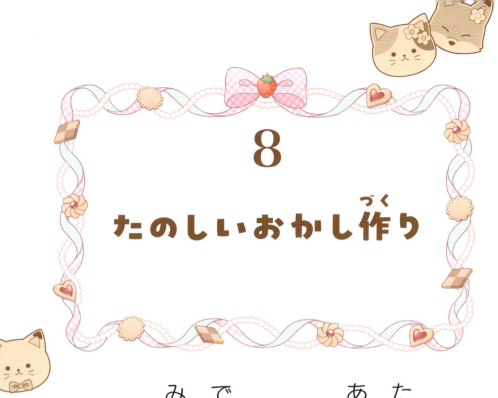

みんなが
えがおになると、
いちごはしあわせな
気《き》もちになりました。

おうちでビスケット
作《づく》りをしていた時《とき》、
いちごはこう
おもっていました。

なぞなぞクイズ㊱の答《こた》え　2こ（えがおは「にこにこ」するともいうね）

またしっぱいしたらどうしよう。
はやくおいしいおかしを
作《つく》れるようにならなきゃ。
いちごは、おかし作《づく》りの
たのしい気《き》もちを
わすれていたのです。

なぞなぞクイズ㊲　あたまとおしりをくっつけてあそんでいる鳥《とり》はどんな鳥《とり》？

その時《とき》、空《そら》から手紙《てがみ》をくわえた白《しろ》い鳥《とり》がとんできました。
メルティーランドの女王《じょおう》さまの鳥《とり》・シュクルです。

シュクルは、くちばしにはさんでいた手紙《てがみ》をおとしていきました。

光《ひか》っている手紙《てがみ》は、いちごのまえでういたままとまります。

レシピゲット、
おめでとうございます!

みならいパティシエールとして、
これからも
よろしくおねがいしますね。

いちごさんには、
今日(きょう)から
メルティーランドのおしろで
くらしてもらうことになります。

招待状(しょうたいじょう)をおくるので、
大事(だいじ)にもっていてください

なぞなぞクイズ㊳　スイカ、メロン、いちご、みかんのなかで、いちばん人気(にんき)のフルーツはどれ？

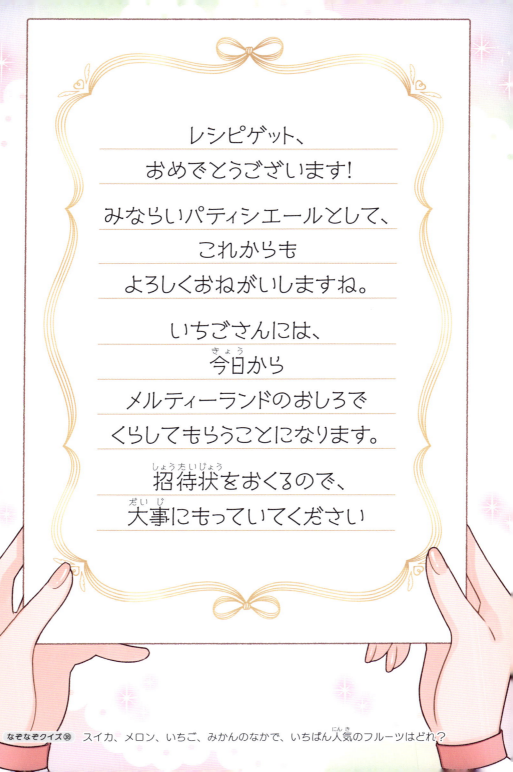

「つぎのミッションも、ちゃんとできるかな……？」

「大丈夫《だいじょうぶ》！　わたしもまほうでお手《て》つだいをするし、きっとママもいちごちゃんならできるってしんじているわ！」

「ママ？」

「メルティーランドの女王《じょおう》さまは、わたしのママなのよ」

「ええっ、シュガーはプリンセスだったの!?」

なぞなぞクイズ㊴　にじの色《いろ》は、あか・オレンジ・き・みどり・あいいろ・むらさき、あとはなに色《いろ》？

「ふふ、わたしといちごちゃんは、もう友《とも》だちよ」
「うん、友《とも》だち！」
友《とも》だちになったしるしとしていちごは、シュガーから
特別《とくべつ》なあいことばを
おしえてもらいました。
ぎゅっと手《て》を
つないだふたりは、
きれいに声《こえ》をそろえます。

なぞなぞクイズ㊴の答《こた》え　あお（せかいにはにじは5色《しょく》や6色《しょく》という国《くに》もあるよ！）

「メルティー・マジカル！」

すると、
メルティーランドの空《そら》に
七色《なないろ》のにじがかかりました。

さあ、つぎはどんなおかしに出《で》あえるのでしょう。
小《ちい》さなみならいパティシエールと小《ちい》さなプリンセス。
ふたりのぼうけんは、
まだはじまったばかりです。

さいごまでよんでくれてありがとう！
わたしたちのおはなしはまだまだつづくよ！
２巻《かん》では……
こまっているおしゃれ姉妹《しまい》のために
フルーツガーデンへむかうの！
おはなしのさいごには、
いちごがベリーとチェリーの
にじ色《いろ》パフェ作《づく》りにチャレンジするよ♪
またあえたらうれしいな！

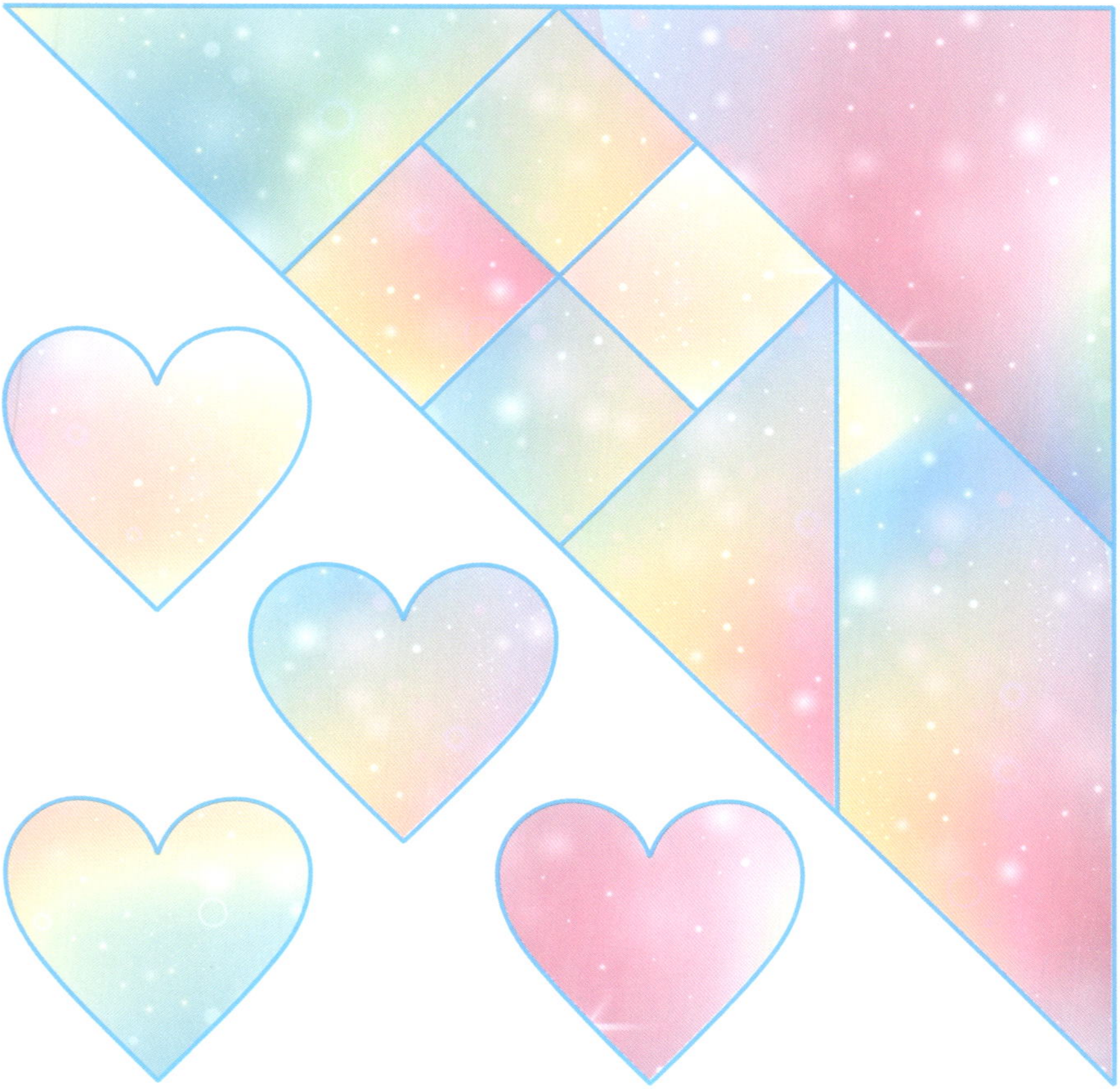

P109のシルエットパズルでつかうよ

★はさみを使《つか》うときは、けがに気《き》をつけてね
★本《ほん》をきりたくない人《ひと》は、カラーコピーしてね

いちご＆シュガーの
あそべる！まほうスイーツレシピ

ステップ 1

あみだくじをつくって、おかしの材料《ざいりょう》をそろえよう！

ぜんぶのイラストと材料《ざいりょう》のなまえがあうように、❶〜❺のうちひとつえらんでなぞってみよう！

メルティーバター　ふわふわクリーム　スイートシロップ　おほしさまパウダー　シュクルの卵《たまご》　きらきらトッピング

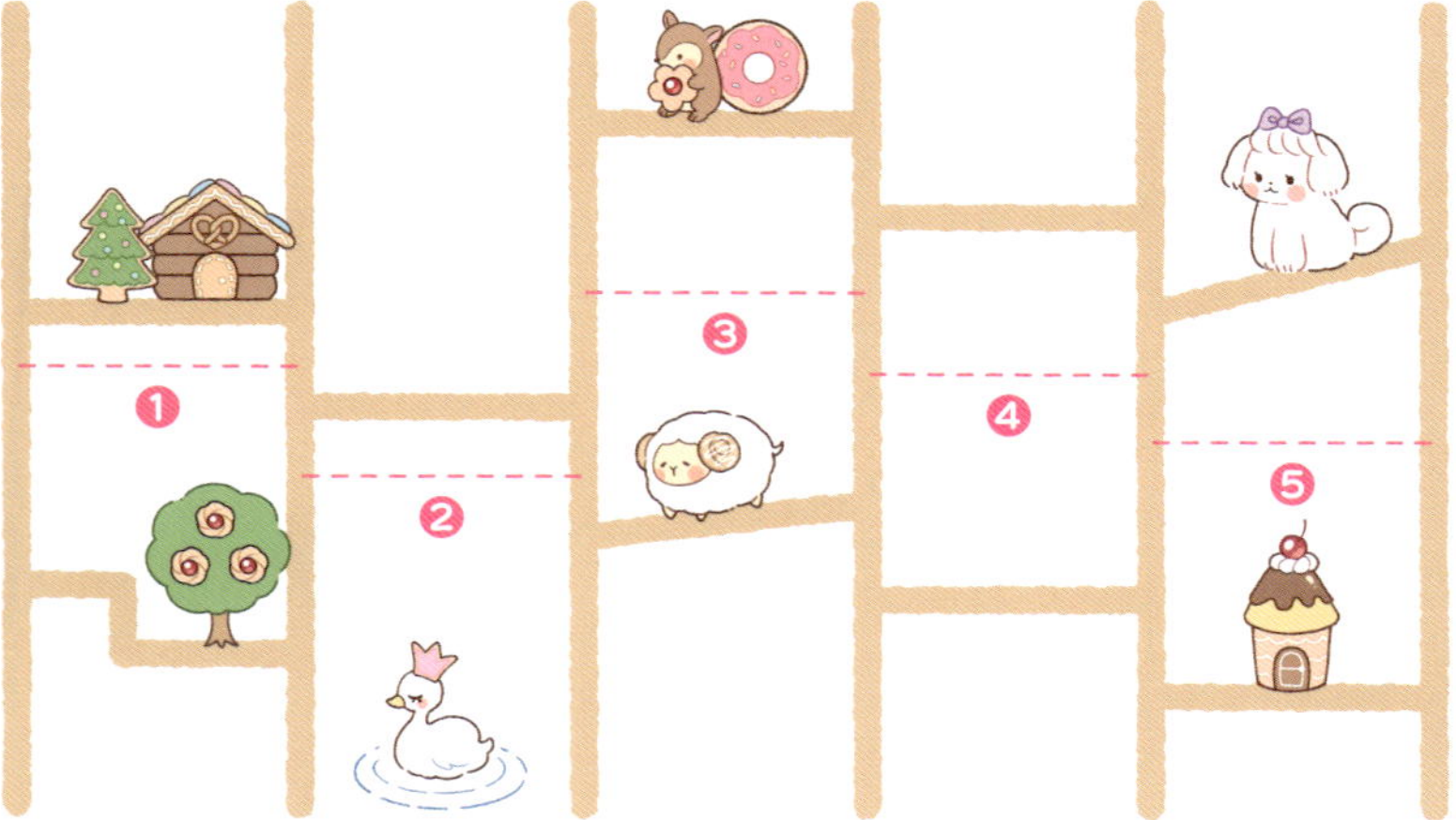

おほしさまパウダー　ふわふわクリーム　きらきらトッピング　シュクルの卵《たまご》　スイートシロップ　メルティーバター

手《て》でなぞってあみだくじをやってみよう！ イラストとなまえがあわないところがあったら、答《こた》えのヒントになるかも…？

ステップ 2

アイテムをえらんで あつめた材料《ざいりょう》をまぜよう！

おはなしに出《で》てきた4つのアイテムのなかで、
まぜるのにぴったりなものをみつけてね！

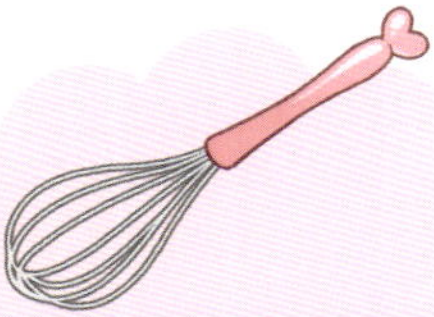

ドリームホイッパー
どんな材料《ざいりょう》も、まぜるだけでふわふわにしあげてくれるアイテム。

ハートのクリスタル
さがしものをみつけてくれる宝石《ほうせき》のかけら。キラキラ光《ひか》っているよ。

ホイップミラー
メルティーランドのすきな場所《ばしょ》をうつすことができる小《ちい》さなかがみ。

キースプーン
おかしの街《まち》とつながっているとびらをひらく特別《とくべつ》な鍵《かぎ》。

まぜるために使《つか》いやすい
アイテムはどれだろう…？
P88のイラストをみたら
思《おも》いだせるかな…！

ステップ3

できたタネを1日《にち》ねかせるよ

あら？　いちごちゃんもねちゃったみたい…
夢《ゆめ》のなかをのぞいてみよう！

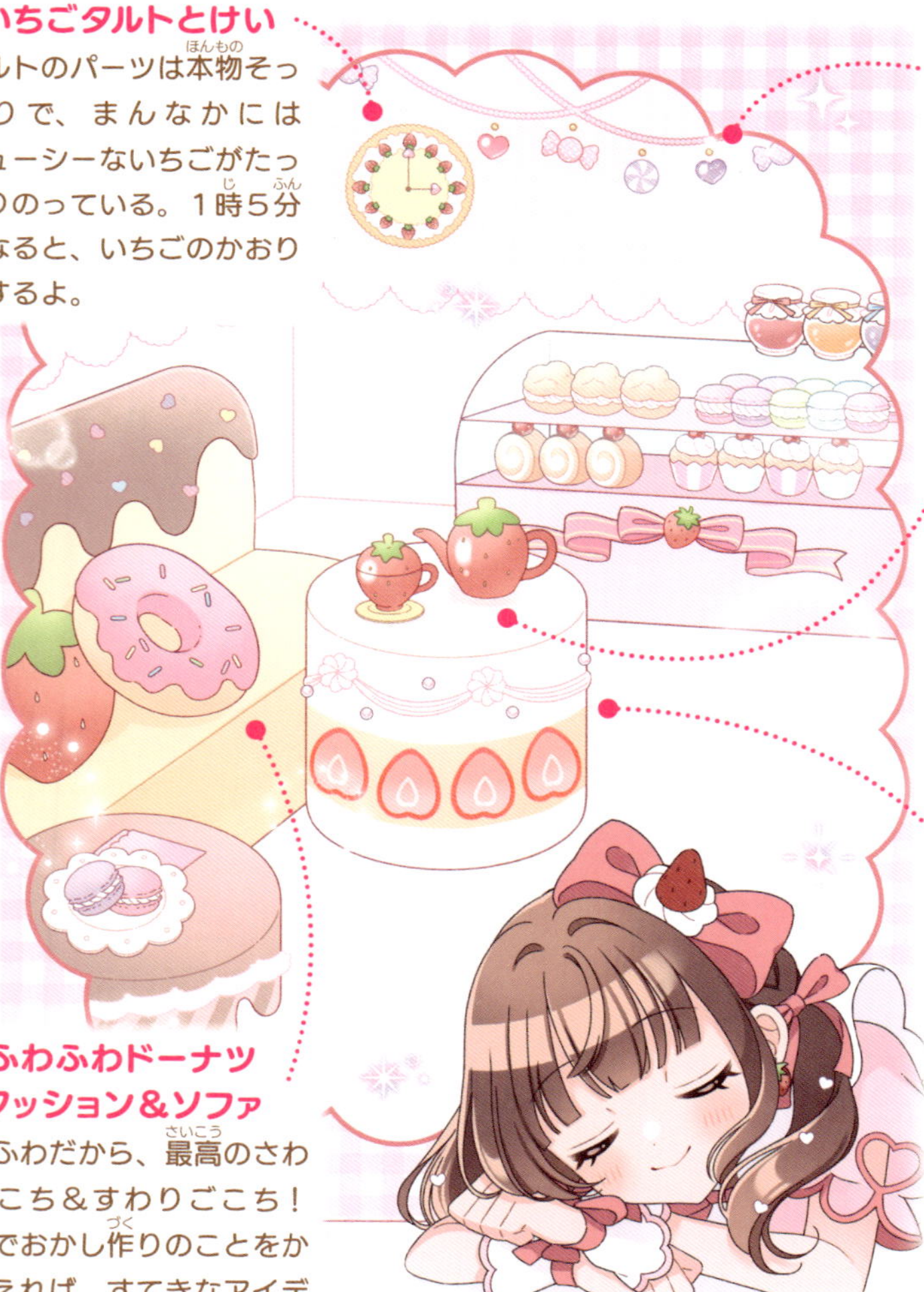

いちごタルトとけい

タルトのパーツは本物《ほんもの》そっくりで、まんなかにはジューシーないちごがたっぷりのっている。1時《じ》5分《ふん》になると、いちごのかおりがするよ。

キャンディランプのオーナメント

とうめいなキャンディーがにじ色《いろ》に光《ひか》って、お部屋《へや》をカラフルにする。みているだけで心《こころ》がキラキラになっちゃう！

いちごティーカップセット

紅茶《こうちゃ》をそそぐと、つみたてのいちごのかおりがする。あまくてフレッシュなティータイムの時間《じかん》がまちどおしくなるカップ。

ショートケーキ・テーブル

ケーキのようにやわらかい。おいておくだけで毎日《まいにち》パーティー気分《きぶん》になれるんだ！

ふわふわドーナツクッション&ソファ

もちふわだから、最高《さいこう》のさわりごこち&すわりごこち！ここでおかし作《づく》りのことをかんがえれば、すてきなアイデアが生《う》まれそう。

こんなお店《みせ》にできたらいいな…

ステップ 4

パズルをきってくみあわせて クッキーの形《かたち》を作《つく》ろう!

P104にあるパズルをきりとって、
おなじ形《かたち》をつくってみよう!

みほんとパズルの大《おお》きさが
ちがうからちゅういしてね!
ほかにもすてきな形《かたち》が
あったらおしえてほしいな!

ステップ 5

クッキーをオーブンにいれて、完成《かんせい》!

クッキーを作《つく》るまえとあととで
なくなったものがあるみたい…？

作《つく》るまえ

作《つく》ったあと

なくなったものは
ぜんぶで6こあるみたいだよ!

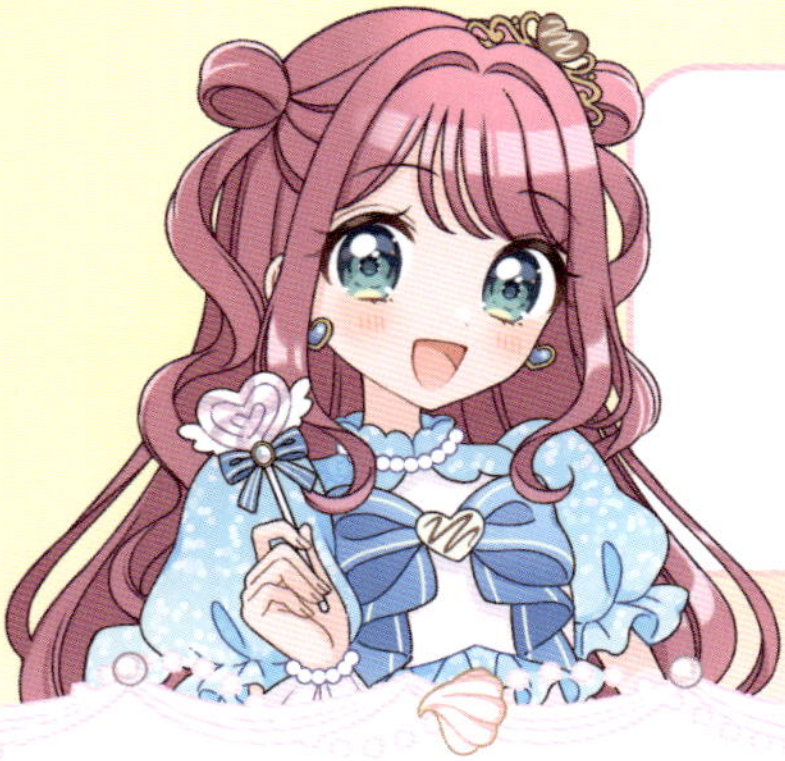

答え

出てきたパズルの答えだよ！
ページをさかさまにしてかくにんしよう！

P109の答え

P110の答え

① レインボーのびょう ② ジンジャーの顔
③ まるまるガラスボウル（小） ④ さらさら
ガラスボウル（大） ⑤ ドリームホイッパー
⑥ おとしぶた パダターのつぶつぶ

P106の答え

メレンゲ　ブルー　スイート　ジンジャー　おぼうしそう　パステル
ベリー　クリーム　キャロット　おとしぶた　卵の殻　うさぎクッキー

P107の答え

ドリームホイッパー

作☆永良サチ（ながら さち）

北海道在住。著書に『100日間、あふれるほどの「好き」を教えてくれたきみへ』『君がいなくなるその日まで』『となりの一条三兄弟!』シリーズ『放課後★七不思議!』シリーズなど多数（すべてスターツ出版）。近著に『ぱいぱい、片想い』『怪活倶楽部』（PHP研究所）『心は全部、きみにあげる』（KADOKAWA）などがある。

絵☆くずもち

静岡県在住。児童向け書籍を中心に活動中のイラストレーター。『マジカル★オシャレドリル』シリーズ（Gakken）や『メイクアップぬりえ』（コスミック出版）、『ユメコネクト』（アルファポリス）など、他作品多数。かわいいものが大好きで、キラキラ・ワクワクする世界観を大切にイラストを制作している。

野いちご ぽっぷ

おかしの国のプリンセスと
まほうのきらきらクッキー
【マジカル★パティシエールシリーズ】

2024年12月13日初版第1刷発行

著　者 ☆ 永良サチ

発行人 ☆ 菊地修一
イラスト ☆ くずもち
装　丁 ☆ 齋藤知恵子
企画編集 ☆ 野いちご書籍編集部
発行所 ☆ スターツ出版株式会社
〒104-0031 東京都中央区京橋1-3-1
八重洲口大栄ビル7F
TEL 03-6202-0386（出版マーケティンググループ）
TEL 050-5538-5679（書店様向けご注文専用ダイヤル）
https://starts-pub.jp/
印刷所 ☆ 中央精版印刷株式会社
Printed in Japan
ISBN 978-4-8137-9398-4 C8093

・ー☆ー☆ー☆ー・

ファンレターのあて先

〒104-0031 東京都中央区京橋1-3-1 八重洲口大栄ビル7F
スターツ出版（株）書籍編集部 気付 永良サチ先生
いただいたお便りは編集部から先生におわたしいたします。